LE MONT OMEI

PAR

M. CHARLES EUDES BONIN

VICE-RÉSIDENT DE FRANCE EN MISSION

(Extrait du *Bulletin de géographie historique et descriptive*, N° 1. — 1899)

PARIS

IMPRIMERIE NATIONALE

MDCCCC

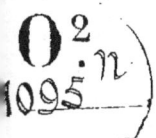

LE MONT OMEI

LE MONT OMEI

PAR

M. CHARLES EUDES BONIN

VICE-RÉSIDENT DE FRANCE EN MISSION

(Extrait du Bulletin de géographie historique et descriptive, N° 1. — 1899)

PARIS

IMPRIMERIE NATIONALE

MDCCCC

LE MONT OMEI.

Le mont Omei, placé sur les confins de la Chine occidentale et du Tibet oriental, est à la fois pour les Chinois boudhistes et les Tibétains lamaïstes le principal lieu de pèlerinage de l'Extrême-Orient. On peut même dire cette montagne « trois fois sainte », car en plus de ces deux races elle est, comme nous le verrons, l'objet d'un culte spécial de la part des peuples barbares, qu'on appelle improprement Lolos et qui habitent au sud du mont Omei la région du Leang-Shan, entre les Chinois et les Tibétains auxquels ils semblent se rattacher ethnologiquement.

Le nom complet de la montagne est en chinois *Ngo-mei-shan* 峨 眉 山. Les noms vulgaires Omei, Omi ou O n'en sont que des abréviations. Peut-être faut-il y voir un souvenir du tangout : Amnie, qui signifie précisément : montagne, et qui est généralement rendu sur les cartes chinoises par : Ami, mot très voisin d'Omi.

Le mont Omei est situé géographiquement dans la province du Setchuen, dans l'angle formé par le confluent de la rivière de Yatcheou et du Tong-ho, grand cours d'eau descendant du Tibet où il est plus connu sous le nom de Kintchuan. C'est un massif de grès, dont le sommet s'élèverait à 3,374 ou 3,222 mètres au-dessus du niveau de la mer d'après le voyageur anglais Baber, à 3,030 mètres seulement d'après les observations des membres de la Commission lyonnaise, chiffre qui me paraît devoir être définitivement adopté. La montagne forme l'extrême contrefort des soulèvements de grès qui s'appuient à la chaîne granitique de l'Himalaya; avec deux autres grands sommets situés dans l'Ouest, le Wa-shan et le Wawu-shan, c'est un bastion avancé placé entre le massif tibétain et les plateaux du Setchuen chinois.

Plusieurs voyageurs ont avant moi visité le mont Omei, notamment parmi les Anglais l'interprète de la légation de Pékin, Baber, dont je viens de parler, Alexander Hosie, et parmi les Français M. Marcel Monnier, qui en a donné dans le *Temps* une description pittoresque. N'ayant sous les yeux que le récit de Baber, le seul qui ait étudié archéologiquement la montagne, je me suis rendu compte, en le lisant sur place, qu'il contenait à ce point de vue un certain nombre d'inexactitudes de détail et de lacunes et j'ai pensé qu'il pourrait être utile de le compléter en le rectifiant au besoin; on me pardonnera donc de le citer souvent.

Plan 1.

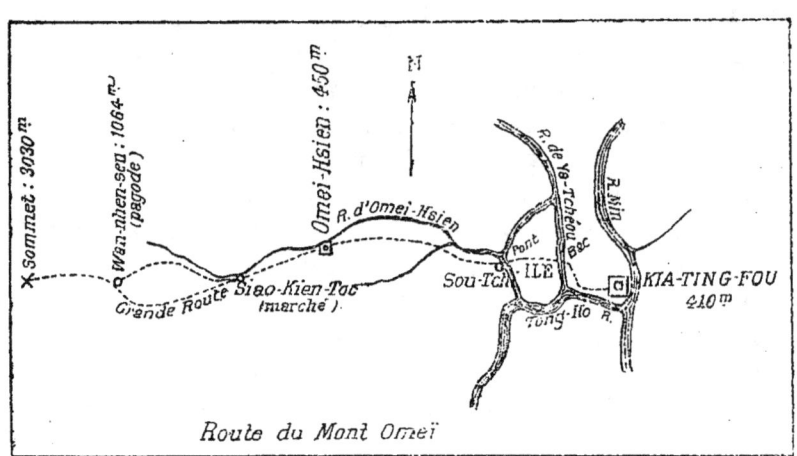

Route du Mont Oméï

On se rend généralement au mont Omei en partant de la préfecture de Kia-ting (pl. 1) sur la rivière Min, principal affluent de gauche du Yang-tse-Kiang, que les Chinois de Setchuen considèrent même comme le bras principal du fleuve. On remonte la rive gauche de la rivière de Yatcheou, qui se jette dans le Tong-ho près de Kiating même, puis la vallée d'un petit affluent, la rivière d'Omei, qui descend de la montagne sainte. On arrive ainsi à la sous-préfecture d'Omei-hsien, placée au pied de la montagne dans une région riche et bien peuplée qui forme un véritable jardin. C'est le pays du fameux *arbre à cire*; tous ces rameaux couverts de résine blanche qui couvrent la campagne lui donnent au cœur de l'été l'aspect étrange d'un paysage de neige.

L'ascension de la montagne, d'Omei-hsien au sommet, demande encore deux jours par la grande route; on s'arrête généralement le premier soir à la pagode de Wan-nien-seu, placée à mi-chemin et la plus importante de la montagne. On peut abréger la route en prenant le petit sentier, qui remonte directement à Wan-nien-seu, suivant le lit du torrent qui forme plus bas la rivière d'Omei; mais les pèlerins préfèrent prendre la grande voie, le long de laquelle sont élevés tous les temples dont la visite assure le fruit du pèlerinage. Il y en a plus de cinquante, habités par trois cents moines. Le mont lui-même est d'ailleurs *terre d'église*, ce qui vaut à ses forêts d'être respectées par la hache impitoyable des bûcherons chinois. Je ne ferai pas l'énumération de tous ces sanctuaires qui couvrent le flanc de la montagne; j'en ai visité quatorze d'Omeihsien à Wan-nien-seu; il y en a dix-huit autres de là jusqu'au sommet. Toutes ces pagodes sont placées dans des sites pittoresques au bord des ruisseaux qui serpentent sous les herbes et la mousse, ombragées par des arbres séculaires qui ornent les pentes de la montagne sainte. Elles rappellent ainsi et par plus d'un côté les fameux temples japonais de Nikko. Toutes sont construites dans ce style religieux chinois qui est le même d'un bout à l'autre de l'empire. Il faut faire exception pour un monument spécial édifié à Wan-nien-seu, dont je parlerai plus longuement, et pour le temple de bronze qui s'élevait jadis au sommet de la montagne, mais qui est aujourd'hui renversé et détruit. Les principaux temples sont, à partir du pied, les suivants :

Wan-fo-tang, où l'on voit une vieille cloche de bronze pesant 25,000 livres chinoises (environ 15,000 kilogrammes) et un brûle-parfum de même métal en forme de tour et recouvert d'une multitude de figurines en relief; cet objet, qui a près de trois mètres de hauteur, a été fondu, d'après les bonzes, il y a trois siècles.

Pao-ling-seu, où se trouve sur une peinture l'inscription en caractères bizarres dont Baber a donné un fac-similé.

Fou-hou-seu, le temple du «Tigre de l'été», ou du «tigre apprivoisé» comme traduit Baber, immense construction toute en bois, avec un grand nombre de salles et de cours intérieures, occupée par une trentaine de moines. Le hall principal contient plus de sept cents statues de grandeur naturelle, représentant toutes les célébrités du Panthéon bouddhique, notamment les dix-huit grands Lo-hans (du sanscrit : Arhan) et les cinq cents petits. On y voit même des idoles venues de plus loin, par exemple, le fameux Tamo, que les missionnaires catholiques ont pris parfois pour saint Thomas, l'empereur Kang-Hi en armure dorée, et au centre une statue colossale à quatre faces, quatre corps et trente-deux bras qu'on dit représenter la déesse Kouan-Yn, et non Bouddha comme le rapporte Baber. C'est en réalité une effigie de la déesse de la Mort hindoue suivant le rite de Siva, dont elle porte le signe rouge au front. Ce musée de sept cents dieux qui, par leur taille et leurs attitudes variées, rappellent absolument la vie, offre un spectacle unique, d'une inoubliable impression.

Il faut signaler également parmi les curiosités qu'offre la pagode quatre stèles portant des inscriptions en caractères spéciaux, dont je joins ici l'estampage avec la transcription en caractères ordinaires. Ces vers, qui remontent à la dynastie des Song (960-1278 après J.-C.), contiennent des sentences et des descriptions composées dans ce style quintessencié qui est propre à la poésie chinoise.

C'est à partir de Fou-hou-seu que commence l'ascension véritable de la montagne, qui se fait au moyen d'escaliers de pierre aux innombrables marches. On passe en suivant la grande route devant un certain nombre d'autres temples, dont les plus importants sont ceux de Ta-ngo-seu et de Tsing-yng-Ko; ce dernier est très pittoresquement placé sur un rocher formant île, entre deux ravins abrupts où coulent deux torrents qui viennent se joindre à ses pieds. On arrive ainsi le premier soir à la pagode centrale de Wan-nien-seu, qui est de beaucoup la plus intéressante de la montagne et dont nous nous occuperons spécialement.

Ce monastère, qui abrite en ce moment seize moines, remonte en l'état actuel à l'empereur Kang-Hsi (1662-1723), qui le fit reconstruire à la suite d'un incendie. Sa fondation primitive daterait de la dynastie des Tsin occidentaux (265-313 après J.-C.); elle est due au patriarche bouddhiste Pou-hsien, qui avait là son ermitage; celui-ci fut occupé plus tard sous trois empereurs de la dynastie des T'ang (827-860) par un autre ermite célèbre appelé Hui-tong. C'est à l'empereur Wan-Li, de la dynastie des Ming (1573-1620), que ce monastère doit son nom actuel de Wan-nien-seu, «le temple des Dix-mille ans» ou des «Cent siècles». Il comprenait alors sept corps de bâtiments, dont on peut aujourd'hui encore retrouver facilement l'emplacement. Depuis la reconstruction de Kang-Hsi, il ne reste plus que cinq grands bâtiments, y compris la porte fortifiée, séparée par un escalier des quatre autres qui forment entre eux trois cours intérieures. Il y a également dans les environs du monastère quelques constructions annexes dont nous parlerons plus loin.

Plan 2.

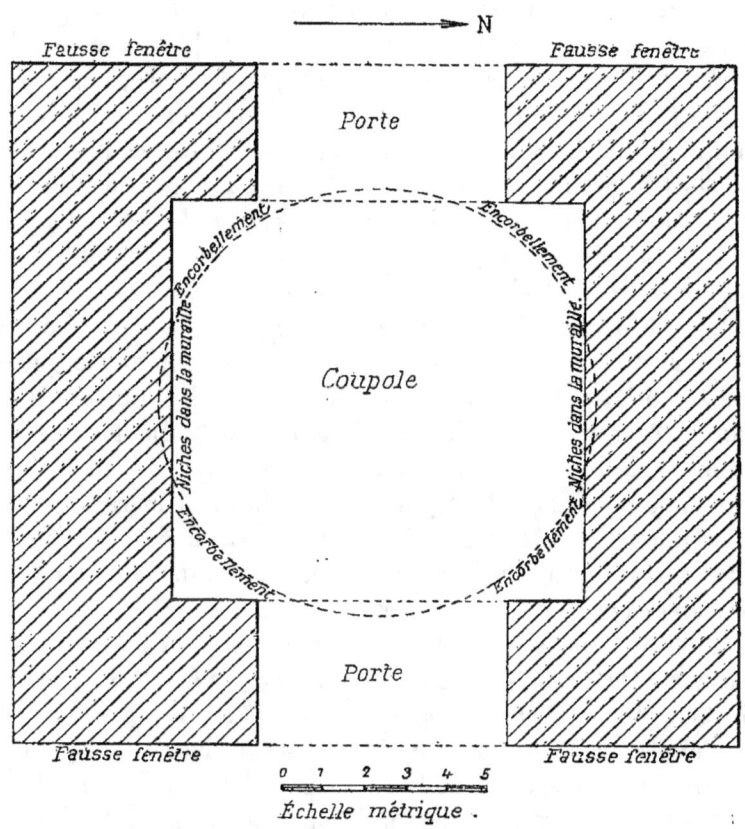

Échelle métrique.

C'est dans l'avant-dernier corps de bâtiment que se trouvent les deux monuments auxquels Wan-nien-seu doit sa célébrité. Le premier est aujourd'hui entièrement recouvert par une construction chinoise en bois, à toit de tuiles, élevée sous Kang-Hsi. C'est exactement une tour quadrangulaire (pl. 2) aux massives murailles de brique, formant à l'intérieur un carré de dix mètres sur chaque face. Deux grandes portes en demi-cintre y donnent accès, placées vis-à-vis l'une de l'autre; chacune est accompagnée à droite et à gauche de

deux grandes fenêtres également en demi-cintre, qui sont aujour-
d'hui murées si jamais elles ont été ouvertes. A l'intérieur des murailles on voit aussi un certain nombre de niches ménagées dans la
paroi, qui contiennent une grande quantité de petites idoles.

Mais ce qui donne à l'édifice un caractère tout particulier est sa
couverture formée par une coupole de brique exactement hémis-
phérique; aux extrémités des deux diamètres la base de la coupole
porte sur le milieu du faîte des quatre murs de la tour et elle est
reliée aux quatre angles intermédiaires par des encorbellements de
briques. Cet exemple de construction d'une tour à coupole paraît
unique jusqu'ici dans la Chine proprement dite, et Baber qui l'a
signalée le premier ne savait à qui l'attribuer, y reconnaissant un
style non chinois, très probablement d'origine hindoue. Le colonel
Yule de son côté l'a rapproché des monuments construits par les
mahométans du Dekkan au xvie siècle.

Quand on connaît les grandes lamaseries tibétaines, il est facile
d'en retrouver l'origine, les principales offrant le même genre de
construction, notamment la coupole. Celle de Dordjre-Tchrapa que
j'ai visitée près de Tatsienlou, dans le Tibet oriental, en est un
exemple; là le dôme est à huit pans, entièrement en bois, cette
espèce de matériaux étant plus abondante dans la région; mais il
est rationnel de croire que c'est par l'intermédiaire du Tibet qu'a
dû venir jusqu'en Chine ce type d'édifice, qui d'ailleurs fut très
probablement imité des modèles de l'Inde.

Quoi qu'il en soit, il est certain que cette tour faisait partie des
bâtiments primitifs et qu'elle est antérieure à l'incendie de l'époque
de Kang-Hsi. La preuve matérielle en est fournie par l'état actuel
de l'extérieur de la coupole, qui devait former une pyramide à
quatre faces, recouverte de tuiles de porcelaine, aujourd'hui ruinée
par le feu. D'autre part une ancienne *Topographie du Setchuen*, citée
par Baber, en parle en disant que ce monument a été restauré
sous Wan-Li par l'ordre de l'Impératrice douairière. Ce texte appelle la coupole « une spirale tournante construite en brique » et
cette expression témoigne de l'impuissance des Chinois à décrire
ce genre de construction, inusité pour eux.

La tour recouvre un autre monument plus intéressant encore au
point de vue de l'histoire de l'art; c'est un éléphant de grandeur
naturelle entièrement fondu en cuivre blanc. Il a ainsi plus de trois
mètres et demi de haut; la couleur primitive du métal a disparu

sous la poussière et la fumée, mais on la retrouve aux endroits où
la piété des fidèles vient frotter des sapèques, qui sont emportées
comme reliques. D'après ce que racontent les bonzes cet éléphant
a été fondu sur place avec le cuivre d'une mine découverte dans la
montagne et dont tout le minerai fut intégralement consacré à cette
œuvre. D'après leurs dires, l'empereur Wan-Li aurait fait jeter dans
le métal en fusion des milliers de taëls d'or, alliage auquel il de-
vrait sa couleur. Cette légende doit être considérée à bon droit
comme suspecte; il existe des mines de cuivre blanc sur la frontière
nord du Yun-nan et ce métal, qui doit être un mélange de cuivre
et d'étain, sert encore aujourd'hui à la fabrication d'un certain
nombre d'objets en usage chez les Chinois, notamment des tasses à
thé et des pipes à eau. D'autre part ce monument doit être anté-
rieur à Wan-Li puisque, d'après l'ouvrage chinois cité plus haut,
l'Impératrice douairière le fit également restaurer et dorer.

En tout cas cette statue est une œuvre d'une réelle importance
artistique; son auteur s'est certainement inspiré de la nature et il a
dû trouver son modèle au Yun-nan sur la frontière de Birmanie,
où il existe encore des éléphants domestiques du côté du Chun-
ning-fou. Le colosse a été fondu en trois morceaux; un large trou
percé sous le ventre permet de voir l'armature intérieure qui relie
ces trois fragments et qui est formée par des barres de fer; on peut
juger par cette coupure de l'épaisseur du métal, qui est de plus de
dix centimètres. Les quatre pieds de l'animal sont posés sur
d'énormes fleurs de lotus et sur son dos repose une autre fleur de
lotus, plus large encore, qui sert de base à une statue colossale du
Bouddha. L'auréole qui la couronne s'élève ainsi à plus de dix
mètres au-dessus du sol. Cette effigie, que les bonzes disent représenter le patriarche Pou-hsien, est faite du même métal blanc,
mais recouverte par une épaisse dorure. C'est très probablement,
comme l'indique Baber, une allusion à la légende bien connue
d'après laquelle la mère du Bouddha vit en songe avant sa naissance un éléphant blanc avec six dents. C'est ce qui explique la
couleur du métal choisi et les trois défenses qui sortent de chaque
côté de la bouche de l'animal; seulement, les défenses primitives
ayant fondu lors du grand incendie, elles ont été grossièrement ré-
parées au moyen de manchons de fer.

L'éléphant est entouré d'une galerie de pieux de granit, qui forme
autour de lui une espèce de cage. C'est en dégageant un de ces

pieux qu'on peut pénétrer à l'intérieur et le visiter en détail; un échafaudage de bois a été construit également pour permettre de monter jusqu'à la figure du Bouddha qui est porté sur son dos. Toutes ces constructions contribuent à masquer l'ensemble et à lui enlever son caractère grandiose, d'autant plus que l'intérieur de la tour n'est éclairé que par les deux portes préindiquées s'ouvrant elles-mêmes dans le bâtiment en bois dont j'ai fait mention, ce qui ajoute encore à l'obscurité. Mais peut-être ce résultat a-t-il été voulu par les bonzes pour augmenter le mystère du lieu. Ce monument, qui est la principale attraction de la pagode, est en effet l'objet d'un culte superstitieux et tout pèlerin qui passe vient se prosterner devant lui, allumer les cierges et faire fumer l'encens. On lui vend de naïves images, fabriquées par la pagode même, qui représentent le Bouddha sur l'éléphant; mais ces reproductions, dont je joins ici un exemplaire, sont très inexactes, les proportions n'étant pas observées et l'éléphant étant représenté couché, alors qu'en fait il est debout.

Quoi qu'il en soit de son origine, il est certain que c'est là le plus ancien ouvrage d'art de Chine et non l'un des moins beaux. On trouve aussi dans le même temple plusieurs grands vases et brûle-parfums de bronze d'une véritable valeur artistique, dons des anciens empereurs. Wan-nien-seu a été en effet visité par plusieurs d'entre eux, et Kang-Hsi lui-même, qui y vint en pèlerinage, a laissé de son passage un monument très intéressant que je crois inédit: Baber en tous cas n'en parle pas. C'est une inscription dont on trouvera ci-jointe la copie, xylographiée par les moines eux-mêmes. Elle est en vers et se compose de trois parties; dans la première l'Empereur se livre à de mélancoliques réflexions où semble passer parfois un souffle de l'Ecclésiaste :

« Au moment de ma naissance, qui savait ce que je deviendrais?...

« Tous ceux qui sont venus au monde ne font que passer en prenant leur part des années du siècle.

« S'il n'y avait point d'êtres à naître et à mourir, on ne connaîtrait ni joie ni tristesse. »

Bien que Kang-Hsi se félicite à la fin d'avoir appartenu à une famille fidèle à la religion du Bouddha, ce qui lui a valu de « renaître » empereur, on n'en retrouve pas moins dans cette curieuse poésie la trace de ce scepticisme qui paraît avoir été commun à tous les grands monarques de race mongole; j'en ai cité un exemple à propos de Gengis-khan dans mon étude sur sa sépulture. Dans la seconde partie de l'inscription, Kang-Hsi fait l'éloge de la vie monastique, et dans la troisième les moines lui répondent en exaltant leur religion.

J'ai parlé plus haut des annexes de la pagode; dans l'une d'elles on montre une relique que les bonzes disent être une dent du Bouddha. Cet objet, pour lequel ils ne semblent pas avoir une grande considération et qui leur sert simplement à exploiter la piété des fidèles, leur a été donné également par un empereur; c'est simplement une molaire d'éléphant.

Ces annexes servent en même temps de boutiques pour la vente des produits de la montagne, qui forme un des bénéfices des religieux : herbes médicinales, morceaux de cristal de roche, bâtons curieusement sculptés en forme de tête de dragon ou de lotus pour l'usage des pèlerins, sans compter les produits de l'imagerie pieuse dont j'ai déjà parlé et dont j'ajoute ici quelques spécimens. On y voit aussi une variété de thé sauvage qui a vraiment une saveur très agréable, mais à laquelle je n'ai pas trouvé le goût sucré que lui attribue Baber. D'autres constructions sont préparées pour recevoir les pèlerins chinois, très nombreux à toutes les époques de l'année; c'est également une entreprise des bonzes, qui leur fournissent contre argent l'abri et la nourriture. Quant aux pèlerins tibétains, on les voit surtout à la fin de l'hiver, vers la troisième lune; l'accumulation des neiges rendant les voyages impossibles au Tibet pendant cette période, ils en profitent pour descendre faire leurs dévotions sur le plateau moins froid du Setchuen. La prohibition formelle de toute nourriture animale n'existe que pour le sommet de la montagne, et c'est sans raison que le voyageur anglais précité se vante d'avoir été le premier depuis des siècles à en user sur le mont Omei.

Bien que considéré comme le centre de la montagne, Wan-nien-seu n'est en réalité qu'au tiers environ de la hauteur (1,064 mètres); jusque-là on peut se servir pour la montée de chevaux et, à la rigueur, de chaises à porteurs; au delà, le sentier est trop escarpé et l'ascension à pic doit se faire à pied jusqu'au sommet, situé à deux kilomètres plus haut. On passe ainsi à travers des forêts épaisses de chênes et de pins, que l'exaltation religieuse des pèlerins a peuplées de légendes. En voici quelques-unes que Baber a recueillies du chef même d'une des bonzeries, Tsi-yng-tien, qu'il appelle Chieh-yin-tien. « Le mont Omei est étrange et plein de merveilles; souvent, pendant l'ascension de la montagne, les pèlerins ont été séduits par des chants d'invocation et d'agréables sonneries de cloches dans des endroits perdus où il n'existe aucun monastère et, attirés hors de la route du côté de ces bruits, ils ont perdu leur chemin. Tout à coup ils ont découvert dans la partie la plus épaisse de la forêt d'immenses salles dans lesquelles des images de l'or le plus pur étaient assises sur des trônes de pierreries. Là ils ont été délicatement nourris et logés par les soins des prêtres et reconduits le lendemain sur la grande route; mais jamais après leur retour du Sommet d'Or ils n'ont pu retrouver le mystérieux séjour de leurs hôtes. D'autrefois un pèlerin s'égare dans l'ouverture d'une caverne d'où s'échappe un rayon de clarté surnaturelle, et guidé par cette lueur, lieue par lieue et sans fatigue, à travers de merveilleuses salles dont il ne révèle jamais les inexprimables secrets, il finit par tomber endormi pour se réveiller sur le sommet de la montagne en face de la Gloire du Bouddha. » Bien que je sois resté plusieurs jours dans la sainte montagne, je dois avouer que je n'ai jamais pu vérifier par moi-même le bien-fondé de ces merveilleux récits qui rappellent l'aventure du chevalier Tannhauser dans le drame musical de Wagner ou l'étrange poème de Swinburne qui s'appelle : *Laus Veneris*.

Le sommet de la montagne est occupé par une pagode couronnée comme les lamaseries tibétaines par un globe doré, d'où le nom de Sommet d'Or. On voit à côté les débris d'un temple de bronze, qui a dû être semblable à celui qui existe encore sur les bords du lac de Yun-nau-sèng, mais que la foudre a complètement renversé. C'était le dernier d'une longue suite de temples de métal élevés sur le sommet sacré et régulièrement frappé par la foudre. Celui dont on voit les restes a été renversé en 1819, et depuis lors aucune tentative n'a été faite pour le relever. Derrière l'autre temple encore debout on passe sur une petite terrasse pour jeter un coup d'œil dans l'abîme, qui de ce côté tombe à pic jusqu'à une profondeur de près de deux kilomètres. C'est un énorme éclat de grès qui, en se détachant du sommet de la montagne sur les deux tiers de sa hauteur, a formé ce formidable précipice, sans doute le plus grand du monde. Mais ce qui augmente encore son intérêt, c'est que ce gouffre est le lieu du phénomène qu'on appelle en chinois :

la Gloire du Bouddha « Fou-Kouang » 佛光. Cette mystérieuse apparition en forme de disque lumineux, qui flotte sur les brouillards dont l'abîme est presque toujours rempli, est pour les pieux bouddhistes le reflet de l'auréole du Bouddha, l'ombre même de Dieu. C'est en réalité un phénomène physique créé par le reflet du soleil sur ces nappes de brume; il se produit lorsque l'astre est en opposition avec la surface du brouillard, devant laquelle s'interpose alors le sommet de la montagne qui découpe sur le bas du disque une sorte d'échancrure. L'image en couleurs jointe au présent rapport en reproduit dans un angle assez exactement l'aspect. C'est à tort que Baber dit que, dans ces images distribuées aux pèlerins, le disque est représenté comme coupé par une ligne horizontale.

Ce phénomène n'est pas spécial au mont Omei; on en a signalé ailleurs d'autres exemples, tel que le fameux Spectre du Brocken. Il se produit souvent dans les pays humides au lever du soleil ou de la lune, qui auréolent ainsi les ombres projetées sur la rosée. Le colonel Yule en rapporte un curieux exemple pris dans les mémoires de Benvenuto Cellini, qui avec sa vantardise habituelle y voyait un signe spécial de prédestination. « Dallora in qua... mi resto un splendore (cosa maravigliosa) sopra il capo mio... Questo splendore si vede sopra l'ombra mia la mattina... e molto meglio si vede quando l'erbetta ha addosso quella molle rugiada. » Moi-même, j'ai été témoin au Tonkin d'une transfiguration analogue dans des circonstances qui la rendaient assez impressionnante; par une nuit du printemps 1891, alors que nous marchions pour surprendre les pirates retranchés dans l'île de Kesat, nos ombres projetées par la lune sur les rizières humides apparurent subitement entourées d'un halo lumineux.

J'ai dit que les Chinois et les Tibétains étaient les pèlerins ordinaires de la sainte montagne; il en vient de plus loin encore, jusque du Népal; les tribus Man-tse dont j'ai parlé, qui sont connues sous le nom impropre de Lolos, ne peuvent s'y rendre, étant en guerre plus ou moins ouverte avec les Chinois, mais elles l'adorent de loin et y placent le séjour de leur trois grands dieux : Lui-Wo, A-pu-ko et Shua-hsi-po. D'après leurs traditions ces tribus occupaient autrefois toute la région et le mont Omei était leur centre. Ces Man-tse, refoulés aujourd'hui dans le Leang-shan, en sont restés à la période fétichiste et vénèrent les arbres et les rochers; c'est à ce titre que le mont Omei reçoit leur culte. De même leurs frères probables, les Ngoloks, qui errent au sud de la bouche supérieure du fleuve Jaune, pillant les caravanes, adorent le mont Amnie Matchin et «battent du front» dès qu'ils aperçoivent son sommet sacré, blanchi par les neiges éternelles. J'ai dit en commençant que ce nom même d'Amnie pourrait se retrouver dans celui d'Omei.

Il faut noter à propos du dieu des Lolos : Shua-hsi-po, dont la demeure serait sur le mont Omei, qu'il en existe une curieuse statue non loin de là sur le bord de la rivière Min, près de Kienwei-hsien. Elle est appelée par les Chinois *Man-Wang* ou *Ma-Wang*, le roi Man-tse ou le roi-cheval. Quant à l'effigie colossale que Baber, d'après un voyageur russe, a signalée à deux jours de Kia-ting comme une œuvre de la même race, je l'ai visitée et je ne crois pas qu'on puisse la lui attribuer. C'est une face gigantesque du Bouddha, dorée et sculptée dans le roc, sur la partie antérieure d'une colline de grès qui domine la ville de Yun-tien-hsien. Au-dessous trois pagodes superposées, appliquées contre le rocher, figurent le corps même du dieu. C'est une œuvre vraisemblablement chinoise, dont on retrouve ailleurs d'autres exemples, notamment en amont de Tchong-king, où l'on voit un Bouddha de dimensions colossales, appuyé contre la berge et dominant de son paisible sourire les eaux troublées du fleuve Bleu. C'est le vivant symbole de la rêverie divine de celui qui, suivant la formule bouddhique, «tourne éternellement le rouleau de la Loi pour le calme repos de l'Univers».

www.ingramcontent.com/pod-product-compliance
Lightning Source LLC
Chambersburg PA
CBHW061428170626
46811CB00005B/2180